몸

시와소금 시인선 159

몸

초판 1쇄 인쇄 2023년 10월 05일
초판 1쇄 발행 2023년 10월 10일

지은이 주성애

펴낸이 임세한

펴낸곳 시와소금

디자인 유재미 정지은

출판등록 2014년 1월 28일 제424호

발행처 강원 춘천시 충혼길20번길 4, 1층 (우24436)

편집・인쇄 서울시 중구 퇴계로50길 43-7 (우04618)

전화 (033)251-1195 / 휴대폰 010-5211-1195

전자주소 sisogum@hanmail.net

ISBN 979-11-6325-066-1 03810

값 12,000원

강원특별자치도 강원문화재단

・이 시집은 2023년 강원특별자치도 강원문화재단 후원금으로 발간하였습니다.

시와소금 시인선 · 159

몸

주성애 시집

시와소금

▌주성애

- 2017년 『문학저널』로 등단했으며, 현재 춘천에서 살면서 주식회사 '마중' 대표이다
- 이메일 : sala0521@naver.com

| 시인의 말 |

이번 시는 망설임이라고 말하고 싶다. 나의 시를 읽어주실 고마운 분들을 위해, 더 거듭나기를 바라며 용기를 냈고 가족들과 지인들의 도움으로 가능한 일이었다. 내게 글쓰기란 차오르는 말들을 어쩔 수 없어, 끊임없이 키보드를 두드리는 것이었다. 세상과 내 이야기 속 관계의 문을 커서로 톡톡 노크하며 그 문이 열리기를 기대하며 쓴 글이다.

| 차례 |

| 시인의 말 |

제1부 그리운 시간

제2부 거리를 느끼며

제3부 가까워지는 연습

제 1 부

그리운 시간

이석

언제부터
서로 밀쳐내기 시작해
따로따로 떨어져 버렸나
외로움은 코끼리 코를 잡고
저절로 돌아
내장 속 궁금증을 쏟아내게 만든다

낮 밤을 쉬지 않고
돌려주는 힘센 의자에 타버린
나의 몸뚱이는
생각한다, 생각한다
돌고 돌아서
잡지 못해 떨어져 나간
돌에 대해서

엄마 실종

깜박이던 커서는
오타 없이 엄마를 집어넣었다

바닷가에서 걸려 온 녹음 같다
죽음을 예고하는지 부인하는지
철썩거리는 거품 소리가 들려왔다

정복 입은 그가 묻는다
언제, 왜인지 모르냐고
완성되지 않은 문장 앞에서
기억을 잃은 커서가 멈춰 선 채 깜박인다
실내를 뭉개는 형광 불빛이 안개처럼 내려앉는다

말문이 열리지 않아
창문에 쌓인 어둠이 대답을 대신한다
돌아가는 발걸음에 자동으로 문이 열리면
밖을 향해 내 걸린 시계는

부재의 시간을 째깍인다

우리는 어둠을 향해 숨 고르며
오래된 사진 보듯 엄마가 보낸 소리를 듣는다
파도 소리 들리는 그 장소
공백에 가까운 숨소리
시간은 거기서 멈춰 섰고
우리는 그곳으로 손을 내밀어 본다

서로 시선을 교차하며 핏줄을 긋지만
하현달은 안개빛을 조용히 내리고 있다

4월

— 세월이 가도

4월은
잔인하게 아름답고
세월은 예민하니
아직은 상처를 찌르도록
내버려 둔다

유혹의 꽃말이
날아다니는 계절
물 위에서
매듭짓지 못한 햇살이
검은 물속으로
정처 없이
빨려 들어가는데

어둠은 빛나기 전
찰나의 겨울이고
혼돈의 물속 같지만

이불처럼 펼쳐진 수면으로
햇빛이 들어가 모이면
은하수를 만들 거다

우리는
숨을 참지 않고도
은하수를 헤엄쳐
세월의 그 순간
붙잡혀 있는 마음들을
꺼내어 볼 수 있다

약속으로 안심하고
기록으로 잊어버리는
그런 일은 없을 거다

증리댁 일기 1

이사를 왔어요
김유정*이 살던 마을이었데요
급하게 나오느라 겨울에 짐을 꾸려왔어요
밭 한가운데 엎드려 있는 집이었는데
하얀 눈과 잘 어울렸어요

블로그에 사진 찍어 올리면
잘 나오겠다고 생각하며
닉네임도 정했어요
우리들은 가족이라 방을 정하고
각각의 이불 안으로 들어갔어요

사는 게 그렇잖아요

배고프거나 춥거나 하면
자다가도 일어나서 귀를 기울이게 되죠
대문 앞을 지키는 나이 든 은행나무가 있어요

그가 흔들리는 날에는 바람이 방으로 꾸벅꾸벅 들어와
이불을 다리에 끼고 자던 아이들이
머리카락 보이지 않게 꼭꼭 숨어버려요

아픈 줄 모르고 살면
상처가 없다고 생각하잖아요
그런 줄 알았어요
봄이 오는 시간이 더딜수록
우리는 숫자를 더 잘 세게 되었는데……

유정은 어땠을까요
갈대밭을 스치는 바람 소리에 놀라
고향을 향한 바람벽에
붉은 편지를 썼다지요

사는 게 그렇잖아요

유정은 죽어가면서 뱀을 먹고 싶었데요
엉덩이를 방바닥에 붙이지 못하여
헐거워진 몸뚱이를 기면서도 먹고 싶었데요
보낼 편지가 있는 유정이 부러워요
돌봐 준 누이가 있어서 더 부러워요

밤이 깊어가는 데 가고 싶네요
바람벽에 붉은 꽃들이 피는 그곳으로
뱀이라도 되어서요
혼자는 들어갈 수 있는 구멍이 있다는데

참, 저 닉네임은 증리댁이에요

* 김유정 : 일제 강점기 조선의 소설가 춘천시 신남면 증리에서 출생

너의 유언
— 판도라 상자의 비밀

안개는 약간의 미세 먼지를 동반한다고 했다
구름은 앞서가며 가야 할 거리를 포장하는데
뒤에 오던 사람이 나를 제치고 앞서간다

앞선 그 사람의 뒤통수는
방금 들어온 가로등 불빛에 반사되어 잠깐 일렁인다
가야 할 곳이 있는 사람의 발걸음에 윤기가 흐른다

그는 나로부터 멀어지는 연습을 한다고 말한다

조금씩 떨어지는 빗방울을 손으로 받아본다
깜박이는 눈이 통과하는 세계에는
무엇이 있었는지를 생각한다
발가락이 꿈틀거린다
빗물이 고여 있다

나는 너에게로 가는 길을 물어보고 싶다

나는 뒤뚱거리며 너를 다시 불러본다
너는 속을 드러내며 웃을 수 있어 좋았겠다

비명을 지르며 멀어져 가는 자동차들
가로등 빛에 모여 있던 빗방울은
소원처럼 멀어지는데
가고야 마는 것들을 바라본다
조용해지기까지

우리의 유언이 빚어낸 실타래의 끝을 찾아가자
너는 어디에서 분비물을 흘리며 다니고 있니
냄새를 쫓아 찾아 헤매던 그림자가
도로 바닥에 펼쳐지는데

그에게로 가던 습관처럼
길 위에 펼쳐진 그림자는
살아 있음을 노래한다

너는 아직도 멀어져야 하는 거니
우리의 사랑이 희미해져야 보이는 거니

여기는 아직 비상등을 깜박이는 도시
나타나지 않는 것들을 얘기하는
비범한 사람들이 춤추는 곳이다
안개는 아직 끝을 모르고
너를 위한 노래는 미완성이고

나는 풀어지지 않은 매듭을 가슴에 꿰매니
그는 용서가 많아서 슬프다

어려운 가족

신의 낮잠 속에 따스한
한 다스의 연필

단지 세상의 끝*에서 만나
우리는 멈칫거리지 않아
시간 되면 손 흔들고 떠나는
버스 탑승객

아들은 오래전에 떠난 집을 어제 떠난 것처럼 돌아왔다 남겨진 가족은 오래전 그를 어제 본 듯 말을 이어가는데 웅크린 비밀은 감춰진 얼룩, 몸으로 스며들어 문신처럼 보이니 병명이 정해진 처방전의 이유 있는 결박을 모른체한다

한 자루의 연필
깎일 때마다 길어 보이는 연필심
눌러 쓰면 키가 줄어들고
부러지는 고백은 두려운

서로 쓸 것이 남아있어
끈질긴 오후

한 다스의 연필 속
한 자루씩 찍힌 별무늬
신의 낮잠은 길어지고

* 영화 '단지 세상의 끝' (It's Only the End of the World) 감독 자비에 돌란

아버지 방

내 기억 속의 집은
벽은 있지만 방문이 없던
커튼이 쳐진 아버지 방에서부터 시작된다

일인용 이불 사이즈에 들어가면
딱 맞는 동생들이 있었고
놀다가 동생을 세는 걸 잊거나
배고픔에 낮잠을 자는 날도 있었다

동생들과 소꿉놀이하던 날
역할 놀이에 싫증 난 동생들이
다른 모양으로 흩어져 뒹굴었는데
나는 엄마처럼 말하고 싶었다
몇번을말해야알아듣겠어아이고,내팔자야남자복도지지리없는년

나는 동생들의 손바닥을
플라스틱 자로 3번씩 때렸다

아버지 방 커튼이 벌어졌다

촉수 약한 불빛 사이로 약 냄새가 건너오고
검은 바둑알 같은 눈동자가 쳐다보고 있었다

매 맞은 동생들은 울지 않았다
까닭 없이 울음이 삐져나온 것은 나였다

동생들의 팔을 잡아끌며
길거리 시장 좌판을 턱걸이하며 기웃대다
진열된 술빵을 보았다
주인 몰래 술빵에 박힌 검은콩을
손가락으로 파서 입에 넣었다
고소한 맛은 급하게 숨구멍으로 들어가다
터진 파편이 되어 튀쳐나왔다

저녁에 오신 엄마는
동생들과 밥을 먹었고
나는 꿈속에서
술빵을 통째로 입안에 넣었다

바다 가시

낡은 스웨터 보풀이 일렁이는 겨울 저녁이다
송정 앞바다 주변을 아메리카노를 들고 서성이는데
때아닌 모터보트 지나가며 흰 줄을 그어 놓는다

날카롭게 돌아가는 기계음
바다는 칼로 그어진 듯 수면의 비닐이 벗겨지는데
커피는 쏟아지고 모래밭으로 스며든다

바다는 모터보트를 따라 지퍼처럼 열렸다 닫혔다 한다

철이 없어 웃기만 한다는 너는,
사랑은 다니던 길로 오지 않는다며*
바닷물 속에서 다시 살아난 어류의 지느러미로 헤엄치고 있었다
빨랫줄에 걸린 오징어처럼 미풍에 오그라들던 시간이었는데
뙤약볕이 백사장과 바람을 뜨겁게 달구던 날
너는 손바닥에 잡힌 조개껍질처럼 알맹이가 없어졌다

모래 사이를 파고든 커피는 꼬리만 남았다
나는 남은 자국을 들여다보며 빈 컵에 모래를 담는다

출렁거리는 물결에 스티로폼 부표가 흔들린다
닳아빠진 모서리가 둥글게 건들거리는데
모래를 담은 컵에 조개껍데기가 따라왔다

파도가 시계추처럼 왔다 갔다 한다
파도를 따라 발걸음을 옮겨보는데
파도에 실려 온 해초 이파리에 발목이 묶인다

어둠에 바래진 그림자가 희미해진다
지나간 여름의 앙금이
바다 표면을 열고 뾰족이 일어선다

* 김용택 시집 『울고 들어온 너에게』 시 「실버들 그 한잎」 중에서

입장

공원 잔디가 보면
봄꽃들은 성가신 것들이다
방문객이 넘쳐나는 계절
깔고 앉거나 발바닥으로 짓누르니
초록은 이단아처럼 뭉개진다

봄꽃은
태어나서 사라지는 곳이 잔디이다
초록은 저승의 입구
눈부심은 순간의 취향이라며
잔디는 웅덩이 같은 입을 벌리고
식욕을 견디고 있다

서로 누군가를 빌미로 흔들리며
비듬처럼 떨어지거나
원형탈모를 앓거나 하지만,
계절은 지나가고 나면 그만이다

누구 편을 들고 싶지 않은

나는 상춘객이다

수놓는 소녀*

그녀가 언제부터
그 자리에 있었는지
아무도 모른다

어디서 왔는지 몰라도
소녀는 끊임없이
작고 귀여운 손가락을 움직인다
조금씩 흰 면에 드러나는
이야기 속의 실들이
바늘 끝을 따라다니는데
단지 할 일을 할 뿐이라는 듯
무심하게 고개를 떨구고 있다

언젠가 완성되면 수틀을 벗기고
누구를 위한 것인지 모양을 만들어
어떤 이의 베갯잇이 되어
꿈속을 여행하거나

미망인의 손수건으로 태어나
길어지는 눈물에 젖거나
입었다 버려진 옷이 되어
막다른 골목에 떨어져
바람을 맞으며 날아다니겠지

밤이 끝나고
새벽에 타고 갈 마차가 도착하기 전에
끝나지 않을 손가락의 꿈
공을 들인 색색의 물결이
용도 없이 형상만 가득하다

* 『불안의 책』 중에서, 작가 페르난도 페소아

비의 독백

낙하하려면
용기가 얼마나 필요한가

빠르게든 느리게든
부딪히는 아픔을 느낄 테고
완충에 필요한 물기를 가졌지만 마른 저항이 있을 테고
스며들 듯 다가가면 너와 나를 구분하기 힘들어져
나는 결국 사라질 텐데……

아래에 있을 때 우리는
가깝지만 너무 달라 이별하기로 했다
처음엔 너를 딛고 올곧이 일어서면 헤어질 줄 알았지만
나를 버려야 함을 알게 되어
위로 올라갈 수 있었다
혼자된 가벼움으로 날 듯이 올라간 나는
순백의 옷을 입고 햇살을 받으니 눈부시게 환했고
바람을 타고 무엇 하나 걸릴 것 없이 떠돌았다

시간이 지나 바람이 거세어지고
소용돌이치는 몸으로 번뜩이는 칼날이 다가오니
뒤통수를 때리는 쿵쿵대는 소리
갈 곳 없이 오그라든 나는 흔들리다 지쳤다

나는 돌아가고 싶다
아래로 떨어져 사라진다고 해도
너에게 다가갈 수 있다면……

증리댁 일기 2

증리집 뒷마당 앞 작은 소나무 숲에 시멘트 담장을 한 집이 있다 얼굴을 모르는 남편과 점순이*를 닮은 아내가 살고 있다 그녀는 얼굴을 마주치면 웃음이 굴러가는 눈으로 인사를 한다 그 집 옆에는 이장님과 만무방** 자장면 집이 나란히 있다 늦은 아침에 뒷마당에 나와 멍하니 앉아 있으면, 만무방네 기름 냄새가 스멀거리며 다가오고 밭에서 갑자기 솟아오른 이장님이 "새댁, 여린 열무 좀 줄까" 하시는데 "네! 아니요" 기어가는 목소리를 달고 뒷문으로 줄행랑을 놓았다 집 앞 길가에는 주인 있는 개들이 목줄 없이 어슬렁거리는데 학교 끝나고 오는 어린 딸을 보면 장난치듯 달려들어, 헐레벌떡 집으로 뛰어 들어온 딸이 울면서 강아지 키우게 해달라며 졸라댔다

동네 밭은 부추로 다모작을 하여 출하하려는 경운기가 때도 없이 탈탈거리고 봄밤엔 논물에 잠긴 개구리 울음소리에 창문을 열면 어느새 대문 앞 은행나무에 붙은 매미가 쟁쟁거려 혼곤한 낮잠 속을 찔러놓고 창문을 닫으려면 붉은 단풍잎이 창문틀에 툭 떨어져 카디건을 두르고 바깥으로 나가 전선 줄에 앉은

참새와 눈을 맞추니 까만 줄 위에 하얗게 붙은 눈 얼음이 반짝이는데 이른 아침부터 이장님은 트랙터를 끌고 가며 손을 흔드시며 대문 앞으로 하얀 눈담 길을 만들고 그 길을 따라 금병의숙 앞을 지나면 금병산에 낀 운무가 봉우리를 베어 물고 있어 산자락을 타고 올라가 정상에서 마을을 내려다보며 보온병을 여니 훅 끼치는 커피향이 부옇다

고층 아파트 베란다 창에 커피 향이 서린다 창문을 열어젖히니 안갯속에서 확성기를 타고 오는 실레마을 안내 방송이 왁자지껄하다

* 김유정 소설 〈동백꽃〉 주인공
** 김유정 작가 단편소설 제목으로 뜻은 '염치가 없는 막돼먹은 사람'이라는 강원도 방언이다.

밤나무

여름내 지분거리는 냄새를 풍기며
바람만 불면 산발한 광녀처럼 굴더니

꽃인 듯 아닌 듯 자세를 바꿔내어도
나비가 들기엔 여의치 않아
성성한 계절이 다 가도록
애꿎은 벌레들만 꼬이는데

더딘 관심에 상사병이 났는가
노랗게 파마한 머리 한 움큼씩 빠지고
그 위로 갈색 딱지 다닥다닥 붙었다가
푸르게 날 선 가시가 고개를 들었다

아프게 피어난 가시
가을 여문 햇살에
꽃봉오리처럼 둥글어지더니
어느새 만삭이 되었다

비 세차게 내리던 밤
이파리 찢기듯이 떨어져
마당이 폭신해지니
툭 툭 떨어지는 열매들
벌려진 입구 사이로 내민 머리
집게로 벌려 받아내니

갈색 머리 둘이 서로 껴 앉고
반짝이는 얼굴로 옹알이하는
달달한 쌍둥이들

공

봄이다
햇살이 그물을 펼치는 나절이다
물기를 걷어내려 빨래를 너는데

거미 한 마리
빨랫줄에 다리 하나 걸치고 출렁인다
옷가지를 널 때는 없었는데
어느새 빨랫줄과 처마 사이에
선을 그었다

무엇이
거미를 건드렸는지
움직임은 없다

마을에도 움직임이 없다
컹컹거리는 개들을 용서할 수 있는 시간인데
바닥을 기는 개미를 넋 놓고 바라볼 수 있는데
마당에 피어있는 꽃의 기대에도 벌이 꼬이지 않는다

사람들도 보이지 않는다

화면 정지다

유난히 추웠던 겨울이 지나자마자 봄 청소를 한다고 버릴 옷가지를 모아둔 쇼핑백을 찾아 보일러실을 갔다 잡다한 것들이 자리를 잡지 못하고 옹기종기 모여 하품하는 그곳에서 쇼핑백을 찾아 걸레가 되어줄 것에 손을 넣었는데 물컹했다 온갖 상상이 소름으로 돋아나고 반사작용은 어김없이 그것을 쏟아내었다 눈을 뜨지 못하는 작은 것들이었다 겨울을 지내기 위해 담겨 있는 온기들이 떨어지는 햇살에 서로 몸을 대고 웅크렸다 세상에 해로운 이름으로 태어난 생물은 불리기 전에 구경하던 고양이의 장난감이 되고 나는 어미가 어디에 있을까 생각하다 고양이가 발톱을 세우고 건드리는 작은 공을 바라만 보았다

아기여도 무기가 되지 못하고
먹이도 되지 못한 것들은
공이 되었다

거미

무엇을 본 거니
빨래를 널다가
무엇을 본 거니

사람들이 어디에 있는지
논으로 밭으로 헤매는 시선이 두려워질 때
빈 빨래 바구니 속으로 공이 가득 찬다
아기 같은 공들이 꿈틀거리면
빨랫줄에 걸린 실금 사이에
작지만 다리가 보이는
투명한 것들이 움직인다

공처럼 보이지 않는 것들이
화면 밖으로 나온다

증리댁 일기 3

해가 뜨면 속닥이는 빛줄기
해가 지면 뭉개지는 그림자를
때가 되면 알아채는 것처럼

실레마을 동백이 피는 축제라
스피커 소리가 동네를 떠돌았어
빨간 동백이 오솔길을 따라 피는 줄 알고
점순이처럼 노랑꽃 피는 밭둑을
빨갛게 찾아다녔어
때가 되면 찾는 줄 알았지

바람이 가붓한 오후
마당에 커피 들고 나가면
옆집 할머니 부추밭에서 한숨 지으며
잡초 씨 날라 온다고 꾸중하시어
마당에서 잡초를 발바닥으로 조용히 짓이겼더니
저녁나절 창문으로 식혜 한 사발 건네주시며

풀이 무성하면 뱀 나온다고 말씀하셨어
때가 되면 사라질 줄 알았지

금병산 등산로 입구에
옛날 학당이 하나 있어
동네 경로잔치하고 산신제 지낼 때면
부녀회장님 쌀 추렴하러 오시어
“새댁, 와서 밥 먹고 가”하며 불러주셨는데
쇠뜨기가 땅바닥 움켜지듯
문고리를 꼭 잡고 “다음에요”라고 말했어
때가 되면 만날 줄 알았지

나그네라 정 주지 않는다는
이장님은, 이삿짐 쌀 때
웃으면서 눈시울 적시더니
멋쩍게 혼잣말하셨어
때가 되면 갈 줄 알았지

보이는 대로 볼 줄 알아서

때가 되면 잊을 줄 알았지

동백이 피면

새댁을 부르는 소리

회상

바람에 실려 떨어진 종이
뭉그러진 글자 사이로 보인
네 이름 같은 것이
다가온다

춤추듯이
땅 위를 뒹굴며 탈탈거린다
녹은 눈 사이에 흐르는 진창물이
스미는 줄 모르고
하얀 웃음 지으며
검은 이빨을 보인다

너를 발로
툭 툭 건드려 보는 날이 왔다니
슬픈 것들은 산산조각이 나지 않아야 해
구겨지고 검게 그을려야 더 아련하지
다시 잡아 펼쳐 보일까 싶지만

큐 사인 없이
움직이는 것은 세상에 많으니
내버려 두기로 했어

굴러다니어도 좋아
뾰족한 구두 굽에 찢어지고
호기심에 허리를 굽히고
들여다볼 모습이 아니어도
글자끼리 서로 부딪치고 엉기어
깨지고 번진다고 해도
너를 알아볼 수 있지

햇살에 방해받지 않는 척
나는 머리를 들고 있어
구깃거리는 종이
다시 날아간다

계단

올라갈수록 멀어지는 건
허공을 향해 뻗은 이유일까

한단, 한단이 힘든 무릎의 고해
발바닥에 전해지는 차가운 감정이
어깨를 누르는 힘보다 아프다고
눈물 같은 푸념의 방울이 떨어지네

잠깐 생각했어
이쯤에서 쉬어야 할까
무언가 잡고 일어서야 할까
사방 지푸라기지만
잡히지 않으려면
잡아야 했을까 싶어

가랑비가 내려
바람보다 모진 것이 있다면

아프지 않은 척 젖어오는

습기의 치졸함이지

차라리 한때 지나가는 북풍이라면

엎드려 잠깐 쉬고 말겠어

젖은 외투가 무거운 말들을

풀어놓고 있어

앞이 보이지 않는 저곳에

아무것도 없음을

계단의 계단이

도미노처럼 한 단씩

쓰러뜨리는 중이라고

속삭이지

비실비실 발자국을 따라

오르다 지쳐

웃음이 삐져나오는데

심장을 터뜨리는

작은 단추들
불꽃놀이 하네

지저귀네
새들

편지

쓰지 않은 시가 있다

망설임 없이
날카로운 날을 세워도
한 줄, 한 자도
쓸 수 없는 시가 있다

단어와 단어 사이에서
끊어진 의미가
방언처럼 목젖을 타고 나오는데
허밍처럼 웅웅되는 운율
입체파 그림처럼 보이는 상징들
헛손질하는 노인의 입에서
나온 소리처럼 아방가르드하다

시를 쓰기 전에
그대가 입에 넣어준

고소한 땅콩처럼 생각하다가
입안에서 우물거리다 보면
삼킨 후에 깔끄러워진 혀끝은
또르르 아물거리는 눈물이다

보내지 못한 시
마지막에 쓰인 문장을 기억하여
굴러 나오는 글자들을 다시
한 할 한 알 시간 속에
촘촘히 걸어 보는데

지금, 바람을 따라 지나가던
빗방울이 톡 톡 두드린다
창문을 오선지 삼아
구르듯 날아가는 박자들
음표 한점, 쉼표 한점
유리문 결을 타며 연주하는데

깨물고 싶은 소리가 흐르고

알알이 맺힌 그리움이
튕기듯이 날아가는데

그대에게 보낸다
스스로 쓰여진 시

대답을 기다리며

—봄, 그 앞을 서성이다

당신의 얼굴을 만져보았어요
눈, 코, 입, 이마를 만져 봤지요
만져진 것은, 굴곡에 알맞은 이름들
표정을 만지지 못했지요

당신의 표정을 읽어 보았어요
눈, 코 입 이마의 매무새
읽은 것은 가지런한 주름살들
감정을 느끼지 못했지요

보이나요!
하늘, 땅, 바람 그리고 나
자연스러운 풍경들
당신을 향해 돌아가는 정겨운 지구

당신의 감정을 손바닥으로 잡아보아요
예전에 우리가 마주한 첫 손 맞춤

그 떨림에 전이된 파르르한 속눈썹
두려움을 표현하던 넓은 미간의
허탈한 공허까지도
새끼손가락 마디 사이로
간질거리며 찾아와
당신인 줄 착각하는데

이 시간 어디가 당신에게로
통하는 길인지
어떤 표시로 보여주는 건지
가리켜 줄 수 있나요

자동차 연정

우리는 서로 다가갈 수 없어
거리를 일정하게 유지한다
서로 애무할 수 없는 종족이지만
번식에 아무 문제가 없어 숫자는 계속 늘고 있다
도로를 달리거나 구불구불 산길이거나
속도의 차이로 몸을 움찔 일뿐
달리고 싶은 욕망은 변하지 않는다
어쩌다 주변 풍경에 도취되어 서서히 걷듯이 달리면
뒤에 오는 욕설을 감당해야 한다
달리지 못해 서 있는 날
혼자만의 시간을 즐길 수 있을까
우리는 달리기 위해 태어났으니 멈춤은 고통이다

어느 날, 스치듯이 지나가는 너를 본다
무의식에 걸린 일상이 방지턱처럼 울렁거린다
본성을 포기하고 너를 만진다
내 몸에 색깔이 든다

공장에서 찍어 나온 욕망이 아닌
망가지고 부서져 정비할 수 없는 그리움이다

산 아래로 부서지는 노을 속에
너는 집게발에 들려 올라간다
너를 보면서
나는 압축기에 몸을 맡긴다

끼어들기

전철 의자에 앉은 한 여자
다리 사이에 봉지를 끼우고
잠이 들어 있다

그 여자 다리에 끼인
비닐봉지가 되고 싶다는 생각이,
들었다

모든 관심이
그곳으로 기우는 건지
세로에 끼인 가로는
포갠 힘으로 생존이 가능한데

여자는 뒤척이다가도
업은 아기를 추스르듯
아슬하게 열리는 다리로
다시 봉지를 조이곤 하는데

꿈이 들어서나 보다
현실과 꿈 사이 얇은 결이
눈꺼풀을 따라 움직인다

눈물 냄새가 난다
가벼운 설움처럼 어깨를 들썩이고
여자는 현실처럼 딸꾹질을 한다

여자는 어떤 꿈을
힘을 다해 보는 걸까
하나 둘 셋 하면 마법처럼
퐁 사라질 그것을 보는 걸까

핸드폰화면에필름을붙여준남자를기억할수없는것처럼
아침에눈뜨면처음생각나는단어를하루종일중얼거리는것처럼
사소하게 습관적으로 꿈을 꾸는 것을

그 여자가 9시 59분에 만나자고 했다
왜 59분이냐고 하면 58분은 어떠냐고 물어봤다

봉지 한쪽이 아래로 흘러내린다
느슨한 다리 사이로 봉지는 매달리듯 건들거리니
새로 산 핸드폰 박스가 빠져나올 것처럼 봉지를 벌리고 있다

"왜 쿨해야 하는지 모르겠어"라고 물으면
그 여자는 얼굴은 다르지만
핸드폰 사진 속 인물들처럼 웃었다

여자가 추운지 손을 다리 사이에 끼워 넣는다
봉지가 떨어진다
포갠 손이 따뜻해지나 보다
여자가 웃는다

제 2 부

거리를 느끼며

유통기한

먹을 수 있다고
봉지를 열었는데
기억을 건드리는 냄새

아픈 건 내 자유
아니 내 자위

매미

매미가 운다
뜨거운 여름 창밖에서
블라인드에 가려서 보이지 않지만
악을 쓰고 우는 소리가
유리문을 뚫고 들어온다
연인을 부르는 소리라고 들었는데
잠든 연인의 머리를 때리는 중이다

조여오는 공기의 밀도로
설부른 낮잠에서 일어서지 못하는데
느슨한 꿈을 찌르는 소리

수컷은 울기 위해 태어나
우는 일이 제일 쉬워
연인을 위한 노래도 울음으로 대신할까
암컷은 산란할 때 적에게 먹혀도
울지 못하는 벙어리라는데

몸통을 비워내야 나는 소리
아픔처럼 들리는 어려운 구애이기에
사랑을 구하는 편지를 받으러
블라인드를 걷었다

나누고 싶은 열렬함이
진홍빛 감촉으로 다가와
텅 빈 배를 울리는 것을 보고 싶었지

조용해진다
연인이 아니다

쿠션

쿠션을 두고
나는 일어설 줄 몰라

늦은 오후
가슴에 안았다가
다리 사이에 끼웠다가
무거운 머리를 받치니
멍한 그림자가 길어지는데

쿠션의 어원이 엉덩이라서 그런가
방관하는 자세가 용서되는데

365일 있는 듯 없는 듯
안고 던지고 두들겼어
궁금증에 그 속을 열어 보았는데
용도가 다한 찢어진 종이거나
울다가 사라진 거위의 깃털이거나

부직포 조각들이, 퍼즐처럼
틈새 없이 포개고 있었지

어느 여름날
크레타 해변 작은 집 테라스
등나무 의자에 비스듬히
쿠션과 함께 누웠지
조용한 햇살과
미풍에 흔들거리는 커튼을 느끼며
푸른 바다에 떠 있는 흰 돛단배를 바라보았지

벽에 걸린 액자가 흔들리고
에어컨에서 들리는 바람 소리
꿈은 이루어야 하는 것이 아니라
꿈은 꾸라고 있는 것이라고
낮잠 속에서 흔들리고 있었지

단단한 일상이

부드러워지는 받침

헐거운 날을 기대해

최면

하나둘 훅
이 아닌가!

잠들지 못하는 건
알갱이의 껄끄러운 태도 때문
너의 낡은 외투 자락이 스치고
닫힌 방에 바람이 부네
소리 내지 않으려는 시계
먼 사막의 뒤태를 닮은 암막 블라인드
한쪽으로 쏠리는 머리를 의식하면
다른 쪽으로 닫히는 들숨의 임계점이 느껴지고
나는 눈에 힘을 주고 낡은 스크린을 켜보지만

하나둘 딸칵,
이 아닌가 보다

천장과 벽 사이를 헤매는

그림자들이 조명 없이 흔들리고
삐걱거리는 낡은 스프링이 움직일 때마다
화음을 맞추니
허리의 감정이 들썩인다
퍼즐을 맞추다 포기한 사진은 테두리가 없어지고
마시면 몸속으로 들어가 똬리를 트는 방향제
입을 열면 박하 향이 튀어나온다

어디서 노랫소리 들려온다
지하와 지상의 경계라고 믿고 싶은데
여기 어디쯤 바닥이고
그곳에서 부유하는 건더기들이
출구를 찾아온다면
건져낼 뜰채를 준비해야 한다
고호의 별 헤는 밤처럼
눈 감으면 밤하늘에 은하수가 회전하고
귀를 자르지 못해 들리는 소리

하나둘 슥,

잠시 나간다

몸의 기억

네게 가지 않으려고
지치도록 걸어 다녔다
이슥하도록 밤의 불빛은 빛나는데
다정하게 구는 바람의 말이
스산하게 소름 돋아 오돌거리고
타박거리는 발자국 소리 귓속을 맴도는데
야속하게도 어디에도 너뿐이었다

네게 가지 않으려면
몸의 기억을 지워야 한다
생의 푸른 호수에 담겼던 농어처럼
헐떡이는 숨을 몰아쉬며
수면 위로 스치듯 날아오른 그날
새겨진 물 비닐 같은 기억들이
호수 깊숙이 가라앉아야 하는데

네게로 가기 위해서는

흰 도화지에 그린 유채색의 현란함
산굽이를 타고 꿈틀대는
뱀 같은 저녁놀의 뒤척임
서랍장 속에 간직된
야한 속옷 같은 부끄러움
꽁꽁 숨어라!

헤메이다 네게로 가는 몸은
벗겨지면 욕망의 굴곡이 깊어지기에
벗겨지지 않는 아픈 허물이 되었는가

결국,
사방이 네게로 통하는 길이었다

유정*의 서사

유정은
툇마루에 칼을 꽂았다

가질 수 없는 것에 대한 분노가 아니다
나누지 못한 아픔이지

유정은 파도치듯 밀려오는
그녀의 가야금 소리를 들으면
뱃속을 흔드는 소용돌이를
잠재울 거라고

녹주는
방문을 닫고 돌아 앉았다

그가 쉽게 시들 꽃이라서
가슴을 열면 바람으로 들어와
남은 불씨도 잠재울

찰나의 공염불이 될 거라고

칼이 흔들리니
광풍이 집 안으로 들어와 멈칫거린다
사랑이라는 이름으로 흔들리는 춤
그 매무새를 당기는
남루한 누명이 대문 밖을 떠돌고

유정은 돌아서지 못하여
밀려 나가고

녹주는 돌아가지 못한다
생의 한가운데로**

* 김유정작가와 박녹주선생님의 이야기를 각색
** 루이제 린저 '생의 한가운데'

오랫동안 아프지 않았다

오한이 났다
아침부터 저녁까지
다정한 바이러스지만
좁힐 수 없는 삶의 간격으로
붙잡을 시간이 없으니
증상은 잠잠해진다

다정하게 굴어도
무심한 것들이 사방을 채운다
추워는 컵에 뜨거운 물을 붓고
티백을 떨구면 용서되는 느낌이지만
기도가 필요한 날이면
파래지는 하늘에서
하얀 고드름이 떨어지고
맞으면 아프도록 장전되어
이미 나는 흥건하게 젖었다

증상 없이

뜨거운 차 한 잔을 휘휘 저어 마시고

구불거리는 비탈길을 걸어가며

젖은 일엔 젖어 드는 일로

속을 달래는 것이다

균형

김밥을 먹는다
배고픔을 생각하면
삶이 더 친밀하여
씹는 것을 느끼는 중이다

이와 이 사이에 있는 것이 무엇인지
기억이 안 나도록 꼭꼭 씹는다
박자를 맞추듯 흔들리는 머리

목구멍으로 넘기기 전에
부서지지 않은 것을
혀끝으로 건드려보고
손으로 빼본다
부추이파리다
다시 집어넣고 질겅거린다

넘기지 못할 것은 세상에 없다

목구멍을 열어 숨을 참고
밀어 넣으면 된다

겁을 내지마
열어내는 것이
닫으려 애쓰는 것보다
쉬울 수 있어

내려가려는 것과
올리려는 것의 팽팽함으로
서로 애쓴다
눈물이 찔끔 맺힌다

"물리지 않나요"
주인이 상냥하다
"다른 건 안 먹어 봐 서요"
대답이 성의 없다고 생각했지만

물음의 진심을 이해한다

지나가던 남자가 나를 쳐다본다
아니, 유리창을 쳐다보고
머리를 만지더니
눈을 찡긋하며 간다
목구멍이 닫힌다

배탈

속상하지 않으려는
겉으로 보기에 멀쩡한 말
유통기한이 지나도
냉장고 속에 있었다면
먹을 수 있다

나는
자신 있다
조금 이상해도
냉장고를 믿는다
잘 끓여서 먹으면
아프지 않을 테니까

마늘 양념을 넣고
계란도 올리고
본래의 맛을 모르게 하면
먹을 수 있다

늘 하던 대로
요리를 잘한다
탈이 나지 않아
걱정스럽지 않은 말이
살이 되고 피가 된다

배가 부르고
만족스러운 밥상이라면
뒷맛이 개운치 않아도
계속 목구멍으로 넘길 수 있다
나이가 들어 몸이 약해져도
토하지 않을 수 있고
배가 아파 눈물이 나온다면
배설물을 쏟아내어
안전하게 물을 내릴 수 있는
화장실이 있어 괜찮다

오늘 시장에서 구입한 말

오래 두고 먹으려고

냉장고 속에 집어넣는다

지금 배가 고프지 않으면

안전하게 잊어버릴 수 있어 좋다

오래 두었다가 기억나면

냉장고에서 꺼내면 된다

시장에 넘쳐나는 가지각색의 말

마음껏 쟁여두자

냉장고를 기억하자

말씨름

나는 나무를 모르네
시는 더 모르는데
나무 시를 써야 한다네

나무를 깊이 알아야 한다는데
나무는 자신을 열지 않는다네

나무는 시가 되기 위해
시는 나무를 만들기 위해
서로 찾아야 한다는데

인터넷 검색창에 뜬 나무는
내 나무가 아닌데
물관, 체관, 밑동, 나이테……
주섬주섬 담아본다네

나는 나무 이름을 기억하지 못해

내 속에 있는 나무는 이름 없이 살아간다네
생각 없이 지나치면 얼굴을 찌르던 나무
여름이면 양지쪽에서 겨울이면 음지쪽에서
거리를 두는 나무
어른이 되면
스릴러 영화처럼 기묘한 나무가 된다네

기다리면 나무는 시가 될까

나무는 나무이고
시는 시가 되기 위해
나무가 아니어야 하는데
나무와 시는 말씨름하다
서로 걸려 넘어진다네

입구만 있는 편의점

고객님 숨을 쉬어봐요
바람에 날리는 것들
출구는 없는데 미친 듯 들썩이죠
호객하는 친구들 눈치 보지 말아요

고객님 머뭇거리지 말아요
물건은 자꾸 쌓으라고 있는 거예요
가질 수 없는 건 없어요
값을 지불하면 돼요

돈이 없어요
그럼 훔치는 거죠
물건의 주인이 있는 건 아니죠
주인이라고 믿으면 되는 거죠
믿음은 신을 살 수 있어요
천국을 들어가려면 문지기가 꼭 물어보는 말이죠
우리는 신 앞에서 자신을 버린 척하죠
잘못하면 실존의 단두대에 목이 굴러떨어져요

살 것이 없다고요
이렇게 많은 것들이 당신을 유혹하지 못하는 거
그것이 유혹이라는 걸 아나요
물욕처럼 우리에게 의미가 되는 거
무욕처럼 우리를 옭아매는 거
모두 같은 뜻이라는 거
고객님 아시나요

숨이 쉬어지나요
냄새가 피어나나요
맛의 기억이 떠오르나요
가슴 벅찬 인스턴트 포장이 터질 듯이 쳐다보죠
당신이 나를 꼭 쥐고 값을 치른다면
나는 보답할게요 허락받은 만족으로
당신 욕망의 어두운 자취까지 살찌우게 해줄게요
기다림이 째깍거리네요
고객님, 날 잡아요

풍경처럼

여기서 바라보는 너는 고요하네
안쪽에서 바깥의 거리만큼

창문을 열고 바람을 느끼려다
슬그머니 바라만 봐

철탑을 품고 연푸른 깃털을 세우는 5월의 산자락
성당과 교회는 그림자 기울기만큼 벌어지고
필통 속 몽당연필 같은 집과 집들이
온순하게 머리를 맞대고 있어
건물을 감싼 나뭇가지와 이파리는 가까워지고
도로 위 차들은 활동사진처럼 지나가네

물어보고 싶었어
거리를 두고 보아야 너를 볼 수 있다는 말
창문을 열고 손을 흔드는 내게 해준 말이지
거리를 두어야 남겨진다면

다가가면, 너는 사라질까

나는 자꾸 창밖으로
손을 내밀게 돼

공황장애

숨을 쉴 수가 없어서
스스로 들어선 응급실

하얀 천사가 고무나팔을 쥐여 주며
입에 대고 규칙적으로 눌러주라고 한다

친절하면 혼나는 흰 가운을 보며
지나칠 때마다 발음한다

숨을 쉴 수가 없어요
기다림으로 헐떡이고 있어요

잘생긴 가운 하나
따뜻한 손바닥으로
산소 과다라는 처방전을 써주며
다정해서 견디기 힘든 말로 별첨한다

세상을 향해 숨쉬기 힘들어지면

봉지를 통해 쉬어보란다

검은 봉지 흰 봉지 상관없이

새지 않는 것으로

그러면 살 수 있다고

고장 난 시간

자동으로 돌아가는
세차장 안에서
잠시 생각을 해

기계음에 갇혀
웅얼거리는 비눗물과
덜그럭거리는 브러시를 쳐다보며
컬 투 쇼를 끝까지 청취하고 싶어

파란불이 켜진 출구 쪽
구름 한 개가 걸려 있네

너도 그랬구나
이동하는 것이 본성인 줄 알았는데
우린 사상을 같이한 동무처럼
갑자기 정지할 줄 아는 야심을 가지고 있구나

출구는 녹색 등을 켜고 이동을 강요하지
액셀을 밟으면 끝나는 일이야

드럼 소리 요란한 심장이 비트를 때리며
폭주하는 기관차가 귓속으로 들어오네

너는 어떻게 견디니
바람은 무색무취의 협박으로
너를 밀고 당기지
세상을 있게 하는 것이
너의 이동이라며
증명할 수 없는 서류를 던지지

우리는 머물러야 할까,
엔진을 켠 채로
주차 기어를 넣고
들썩이며
사고 난
자유로

임무

우리 사이에
어느 날 들어온 조명
그에게 자리를 내어 준다

조명의 임무는 단순하다
어두운 곳을 찾아내면 된다
밝혀야 할 의무는 족쇄 같지만
스위치는 쉽게 찾아야 하기에
들어가는 입구에 있다

거리를 재단하는 것이
빛이라고 말한다면
어둠은 초크를 미는 힘이다
밑그림으로 형상을 만들려면
여백이라는 시접을 주어야 하고
빛의 구속으로 지쳐 쉬어야 한다면
대신 용역을 맡는 그림자도 있다

일의 시작은 우리가 맞추는 것이다
점과 점을 이어가는 일
면과 면을 덧대는 일
가봉하고 조명을 통해 확인하는데
너의 만족은 좀 모자라기도 하고
나의 불만은 남아서 버려진다

완성을 향해 가는
한 땀 한 땀의 노동으로
우리의 형상이 빛나고
서로 잡은 손안에 쥐어진 감정의 실밥들
여유로 버려질 조각천들
한숨처럼 쌓인다

날이 밝아온다
어둠 속에 빛나던 조명은 고개 숙이고
우리는 거울 앞에서

잠시 넋을 잃는다
미니멀한 정장에 금빛 브로치다
반짝거림에 흔들리는 배경을 무시해도
조명은 조금씩 어긋난 치수로
우리의 바느질이 잘못되었음을
알리지 못했다

빛이 허물어지고
우리는 다시
칠흑 속에서 나누어진다

주저하는 몸

언제부터
쉽게 잊히는 걸 택했나

다리와 다리 사이에 빛의 장막이 내려온다
시든 몸을 때리는 알람 소리
무릎은 꺾이려 마음먹어야
바닥을 향해 조아리는데
침대로 향한 주문은 오래된 그물이라
사방으로 튀어 나가는 피라미들
입술을 열어 언어를 토하니
분절되지 않는 소리가 짖는다

머리와 가슴이 겹쳐지고
피부로 세상과 대화하는 양서류처럼
안에서 밖으로 기압이 흐르고
머물다 가는 친구로
발과 발이 엇갈려
넘어지는 중이다

바깥은

진열대 책 표지같이
베란다 유리창에 걸린 도시

여기는 일상 거기는 황사 속
마스크를 쓴 거리의 사람들
차들이 지나가고
음식점에 피어오르는 연기
편의점 앞 밸런타인데이 사탕 가판대
브랜드 운동복 '재고 대 방출 80% 할인'
분수를 모르는 수학 시간처럼
가격은 미지수를 만든다

정류장에서 버스를 기다리는 스크린
나타났다 사라지길 반복하는 숫자

째깍째깍 푸른 별은
휘어진 초침으로 돌아가고

집안에서 돌아가는 공기청정기

밖은 *매드맥스 세상 입구

영화는 끝나고 아기는 태어나고

줄거리 없는 책이

다시 진열된다

* 〈매드맥스 : 분노의 도로〉 조지 밀러 감독

제 3 부

가까워지는 연습

인증 샷

지나가다 길 위에
납작하게 눌린
곤충 한 쌍을 본다

전문가가 핀셋으로 고정해 놓은 듯
길 위를 거닐던 햇살이
꾸욱 도장을 찍어 놓았는데

나는 인증 샷한다

송사리

개천에서 놀고 있는
송사리를 본다

물 흐르는 대로 줄 맞추어 헤엄치다
입 벌리면 먹이가 들어오고
사는 게 권태로울 만하면
가끔 손 내밀고 들어오는 장난들에
숨바꼭질로 화답한다

햇살 한 무더기 녹진한 물속 세상
바람이 심심치 않게 물무늬 그려내고
수초 사이 돌멩이 사이로
살랑하게 꼬리 흔들며 여유 부리다가
먹이를 쫓는 큰 물고기 눈먼 입질에는
매스게임 장단으로 응수한다

우연히 지나가던 눈도장이

개천에서 노는 송사리
생각 없어 좋아 보인다는 말에
입을 내밀고 둥글게 둥글게
파문을 일으키며
기포를 남긴다

호르몬

밥을 먹으려고
냉장고 문을 열었다가
가만히 서 있었어
눈물이 흐르더라구

서 있었지
냉장고에서 알림음이
계속 들려와서
나도 소리를 내기 시작했어
그러다 주저앉았는데
바닥에 붉은 얼룩이 보여서
손으로 그곳을 문질렀지
기억을 잃은 치매 환자처럼
눈물이 흐르는 이유를 잊어버렸어

슬픔은 파도처럼 밀려온다는 말이
있었지

슬픔은 냉장고 알림음이란 말을
하고 싶어

추억은 기억을 통해 가공되어 포장되지만
눈물은 기억을 닦고 유리알처럼 반짝거리게 하지
바닥에 핀 붉은 얼룩처럼 닦아야 하는 일인 거지

밤이 되면
이루지 못한 잠을 통해
늙어가는 시간의 초침 소리를 들으며
눈물로 기억을 닦아
투명해질 때까지
달리 물어보지 않아도
몸이 대답하는 중이라서

관계

철로의 입장에서 보면 기차는 무서운 반복이래*
그럼, 기차의 입장에서 철로는 무서운 구속이니
누구 편을 들어야 하는지

레일과 바퀴가 만나서
서로 누르고 밀쳐도
함께 해야
달릴 수 있다면
우리의 용도는
잊어버리지
않을까

* 안희연의 시 '선잠' 〈여름 언덕에서 배운 것〉 시집에서 인용

벌레

나는 과일을 깎아서 그대 곁에 갈 거다
발끝을 올리며 되새긴다
심장 소리가
무대에서 터지는 스피커 마냥 울릴세라,
손바닥으로 체한 척 다독이고
부드럽게 턱 끝을 조금만 치켜세울 거다

거실 벽에 걸린 비틀어진 액자는
주방과 거실 사이의 거리만큼의 기울기
발자국에 맞춰 삐걱대는 강화 마루는
튼튼한 척 무게를 실어내겠지

식탁으로 불어오는 바람 한 자락
콧속을 간질이는 과일 맛 나는 메아리
식탁 위 붉은 껍질이 담긴 접시 안으로
낮은 포복의 작은 생명체가 움직인다

검은 점이
미세한 움직임이 보이는 순간
스멀거리며 손가락 끝으로 빠져나온
징그러운 꿈들
생존의 모서리에 다리 하나 걸친 너
공기 없이 충족되지 않는 너

바닥의 온전함을 믿고
미끄러지듯이 빠져나와
이 깊은 우주에
싱싱하게 양각화된
너는 내 편일까

생존의 식은 땀방울처럼
주방 어딘가에 고여 있다가
과일 향기에 취해
고백하듯 빠져나온 너는

식탁 한가운데 멈췄는데

나는 주방과 거실 사이에서
그대에게 가려고
발끝을 밀어내고 일어났다

너의 자리

의자를 그렸다
치료사는 종이에 담긴 무늬를 읽는다

너는
우는 것으로
슬픔을 참을 줄 안다

손수건을 빨고 말려서
다시 주머니 속에
넣어 둔다면
안심이 되는 눈물이 있다고 믿는다

치료사는 크고 검은 가죽 의자에 앉았다
조용한 말투와 부드러운 얼굴이다

그녀는
의자에 몸을 맡기라고 한다

상상하는 대로
손을 움직인다면
물건은 그 자리에 있는 것처럼
느껴진다고 한다
너는 푹신하여 잠들 것 같은
낡은 소파 위로
작은 섬이 되어 떠다닌다

다리가 없어
슬픈 의자가 된 적이 있나요

몸통이 바닥에 눌리듯
신음을 내뱉는다

나는 의자였어요
내게 안긴 자들은 편안함을 느끼죠
딛고 올라서면 키가 커져 우쭐대죠

다리가 부러질 때까지 지탱하던 무게를 기억해요
나를 거쳐간 자들이 먼지가 되었듯이
나는 불쏘시개가 되기를 기다리고 있어요

너는 불꽃을 넣을 곳에 강을 그렸다
희부연 안개에 가려진 강
다리 없는 의자가 떠내려간다

햇볕이 나무 사이를 관통하는 날
강바닥을 들여다보다
유영을 하는 너를 보게 되면
나는 아, 하며 소리 내겠지

치료사는 기록한다
책상 위에 올려진 무늬를

너는 주머니에

눈물을 담아 돌아선다

그네

춤을 추는 일
허락해줄게

잠깐 허공에 머물다
떨어지는 순간 리듬을 느껴봐

엉덩이와 다리가 최고가 되는 지점에
발끝으로 허공을 밀어젖히면
위로 향한 발바닥에겐
하늘이 무대가 되지
어떤 스텝이라도 좋아
나긋하게 밟거나
쿵쿵거리며 뛰어봐

자유를 원한다면
나를 잡은 손을 살며시 놓아도 좋아
온 하늘을 네 품 안으로 들이면

눈을 감지 않아도

바람의 변주에

몸이 맞춰지는걸

알게 될 거야

겁내지 마

춤은 내려놓는 거래

상승과 추락은 같은 레벨

직선과 곡선은 같은 길

나는 네 꿈속으로 가는

멈출 수 있는

도취제야

카페라떼

그들은 조용히
해가 기우는 걸 본다

본다는 것은
보고 있는 것의 이름을 알아야 하는데
그것은 기억의 열쇠가 있어야 한다

그들은 커피와 우유를 마시고 있다
한 사람은 떨어지는 해를 보고
다른 사람은 문을 열고 들어간다

들어가는 것은
장면을 오버랩 되게 하여
여유가 있는 시간만큼
이야기가 감겨들어 간다

해는 산 아래로 거의 몸을 숨기고
노을은 뒤따라가다 천천히 잦아들고 있다

산 아래 검은 움직임이 꿈틀거린다
창으로 들어올 수 없는 어둠의 긴 혓바닥이
자동차 불빛에 찔려 주춤거리고
가로등에 막혀 물러선다

그들은 서로를 볼 수 없을 만큼
가까이 있지만 섞이지 않아
한 사람이 휘저을 수 있는 것을 찾다 잠이 들면
산 아래 움직임이 창을 통과하여
다른 사람에게로 스미는데
회오리가 생기고 비바람이 들이친다

태풍 속에 남겨진 한 사람은
회오리 따라가다 결국 꼬리를 남기고 사라진다

섞였다
아는 맛이다

맞선

식은 아침부터 울리는 문자
뻔한 장소를 넣은
말투가 어눌하다
엄마는 다 안다는 척 웃는다
왜 바람은 안에서부터 일어날까
소용돌이치는 거실
대문을 닫으니
밖으로 나가는 바람
뒤통수를 때리며 웅웅댄다

엘리베이터 공고란,
봄맞이 나무 정비다
키 큰 나무를 잘라
키 작은 나무를 자라게 한다는데
작은 것들을 위한 봄맞이인가
아파트 문 입구를 나서니
하얀 덧니 같은 벚꽃이 펄럭인다

너는 키가 커서 좋겠다는 순간,

웽 울리는 전기톱 소리

철쭉 봉오리가 소리에 눌려 흔들리는데

위쪽 관람석이 궁금해 꺼내 본다

작게 보이는 문자님

키가 웃자란 봄이다

대여 가능

우리 만나서 얘기해요
가격의 기준은 없어요
대화가 맞으면 얼마든지 빌려줄게요

보는 것이 듣는 것보다 정확할 때가 있어요
이것을 빌리는 일 어렵지 않아요
종류마다 가격 차이는 있지만,
효용가치는 그대 몫이에요

갖고 싶은 것을 사지 못한다면
빌리는 것은 그래도 양심적이에요
뺏는 것보다 낫잖아요
사실 빼앗으려면 힘도 필요한데
당장에 생기지는 않아요

무료는 힘들어요
나를 유지하는데 시간과 비용이 들었죠

만약 대여 후에 변질 우려가 없으면
무료가 될 수도 있겠지만
그럼 고객의 만족도가 어떻게 변할지 몰라요
만족도가 없다면
아무 의미가 없잖아요

상호 대여, 가능할 수도 있어요
그러나 위험해질 수 있어서 시도하지 않았네요
대여가 종료된 후 어떤 것이 내 것인지
알아보기 힘들어서 후회할 수 있어요
그래도 상관없다면
만나서 얘기해요

여기는 찾기 쉬워요
검색창에 '대여 가능' 이라고 치면 돼요
주의해야 할 것은 감정이라는 글자가
앞에 있어야 돼요

꿈

양철 지붕을 갖고 싶다

우사로 쓰다 버려진 것이나
잡초가 지붕까지 올라간 것이나
인기척 없이 뱀 스치는 소리가 들려도
쉬운 일이라고, 사람들이 대답 대신 웃어넘겨도
간신히라도 갖고 싶다

소낙비가 퉁탕거리며 쏟아질 때
마룻바닥을 등에 업고
내리는 빗방울이
양철 지붕을 때리며
굴러떨어지는 소리를 듣고 싶다

심장이 따끔거려 오금 저리고
펌프질하는 소리가 배를 아프게 해도
태아처럼 누워
바닥으로 떨어지는 파열음을

받아들이고 싶다

마술사의 모자에서
튀어나온 비둘기가 날아오르자
매직에 취해버린 관중처럼
왁자지껄한 물방울 소리가 들려와도
눈을 비비는 잠에 취한 아이가 되어
몽롱하게 잦아들다
처마를 타고 흘러내리는
빗물을 보며 잠들고 싶다

혼곤한 잠 속에서
흙냄새와 물 떨어지는 소리에
어머니의 무릎을 베고 누운 척
어깨를 들썩이며 훌쩍이는 꿈을 꾸면
손바닥으로 토닥이며 어루만져 주는
그곳으로 갈 수 있다

돌

지금 지구는 말랑한 바다를 품고
태양을 향해 날아가는 중이다

뭉치면 살고 흩어지면 죽을 것 같은
돌은 덩어리의 운명인가
우주에선 별이 되어 빛나지만
귀에선 착석을 못 하면
어지럼증인데

단단하게 뭉친 것은 강한가
부서지고 흩어지는 은하 속에
별들의 무덤인 블랙홀도 있으니
서열은 지키기 어려운 체크박스인데

어릴 적 소꿉친구는
좋아한다는 말을 하곤
수줍어하는 내게

돌을 던지며 도망갔다
사춘기 시절 동네 친구는
내가 지나갈 때마다
발끝으로 돌을 차며
친구들과 함께 놀려댔다
어른이 되어도
뒤통수에 돌을 던지는 건
내가 좋아하는 것들이다

덩어리끼리는 뭉치지 않아
깨고 부수며 상처를 만드는
아물 수 없는 사이인가
용암처럼 뜨거우면
서로 녹아내리지만
식어 굳으면 모양이 바뀌고
제 성질을 잃어버리는데

시간은 비바람으로
덩어리를 깎아낸다
먼지로 묶인 돌
꽃에 앉았다가
나비 날갯짓에 타고 올라
옛날 소꿉동무 이마에 떨어지고
동네 친구 교복 깃에 붙기도 하는데

너에게 던져본다
말랑한 돌 한 개

카페에서

거리에는
움직이는 것들이 뒤섞여
제 모양으로 갈 길을 가는데
나는, 침묵이 병인 양 앉아 있는데

카페에 앉아 있는 사람들은 나름 할 말이 많은데
다들 다리가 벌어지거나 꼬여 있는데
실내에 피는 음악 언저리에 몽글거리는 이야기들이 어지러운데
커피잔처럼 둥글게 엮인 햇살이 넓은 창문으로 비좁게 들어오고
나는 밀도 있는 그루브에 다리를 흔들어 보는데
어디쯤 왔는지 어디까지 가야 하는지
물어보는 전화 속 그녀의 울림으로
컵이 닳도록 빨대를 빠는 청년을 무심한 척 바라보는데
유치하지만 냅킨을 적어 책갈피에 꽂는데
접히지 않을 일상을 가방에 넣어 뒤적이며
머뭇거리는 척 지퍼를 닫는데

문제1)

전봇대를 지나면 개울이 보여
작은 다리를 걸으면 신호등이 보이지
기다리면 푸른 등이 켜지는데 거기까지야
이 빠진 횡단보도 통과하면
커피를 마실 수 있어

카페 창문에 비친 너를 봐
바깥에 쓰레기랑 겹쳐 보이지
보이는 것이 전부인 이곳에서
보이지 않은 체하긴 쉬워
쓰레기 속에 병은 비어 있어야 값이 나가고
폐지는 낡은 유모차에 실려 가길 기다려야 하고
분류되지 못하는 것들은 봉지 속에 숨어
픽업 차를 기다려야 해
알 수 없는 본질들이 우글거리는 이곳에서
이름을 붙이지 못한 알갱이가
커피를 마시고 있어

분류되지 못하면 버려지거나 숨어야 하니
줄을 설 수 있어야 하는데
가공되면 쓰레기가 아니니
숨지 않으려면 공장을 계속 돌려야지
보면 정렬하고 안 보면 딴짓하는
아주 작은 것들처럼
알갱이 인척 끈 인척
모른 척 할까

슬릿을 통과하면 무엇이 남겨질까
어둠은 보이지 않는 쓰레기장일까

예언은 반 반인데
정답도 반 반인가

잠자기

'꿈이 나를 깨어나게 한다 통증은 나를 살아 있게 만든다. 삶은 나를 죽음과 직면하게 한다. 그리고 죽음은 두려움을 극복할 수 있게 한다' 고 쓴다

파도에 휩쓸려 머리를 내미는 일
낭떠러지에서 떨어지는 데 중력을 느끼는 일
사방에서 벽이 밀고 들어오는데 몸이 점점 커지는 일

지치지 않고 들어오는 웃음을 거절하는 일
어깨를 밀치고 가는 행인에 놀라는 일
세상에서 제일 싼 호객꾼의 발자국을 피하는 일

일기를 쓸 때마다 불어나는 '나는' 을
나는 어쩔 줄 몰라,
슬픈데 울지 않을 이유를 대느라

북을 치듯 통증 기계는 몸을 두들기고

밤의 두레박은 어둠의 모색을 들어 올리지

깨어나지마

제발 구걸하게 하지마

모순

웃음은 나날이 물렁해지고
울음은 나날이 견고해지네

노래 소리가 들려
세상을 향해 걸어가는 합창으로 퍼지네

하늘이 내려앉은 어두운 밤이야
떨어지는 별을
쓰레기통처럼 받아먹는 산등성
엎드린 채 감사한 듯
납작한 지붕들이 다닥거리지
말을 잃은 세상에
노래가 울려 퍼진다면
새벽이 다가오는 중이라네

푸른 빛이 기어가는 산을 꺼내 보이고
창문을 통해 입김을 불어 넣는 안개

새벽은 암막으로 가려야 했었지만
때늦은 후회가 붕어 입처럼 끔벅이네
물어볼 말이 있었어
소리를 몰라
노래는 더욱 몰라
벙어리, 뚫린 입을 다시 다물었어

내부로 향하는 말
기약 없는 시한폭탄이 터지면
너에게 보내줄게
소리 없는 말

동아줄*

올라가는 일이 어렵지
내려가는 일은 쉬운 줄 알았습니다

나뭇가지에 걸터앉아
한참을 망설였습니다
올라갈 때 맺힌 손바닥 물집
나무껍질에 베인 몸의 상처들이
들쑥날쑥 있습니다

하늘이 그리워서
나무 끝에 매달린 달이 상냥해 보인 날
나무 밑둥에 발을 올려놓았습니다
위로 향하는 손과 발은 기계처럼 정확하게
닿는 곳을 알고 지나갔습니다
순조로운 항해처럼 보이죠

나무는 사계절을 앓고 있어요

죽은 가지를 떨어뜨리고
새로운 이파리가 돋아나고
꽃을 피워 열매를 맺고 떨구는 일을
기계적으로 물건 찍듯이
증상을 밀어냈습니다

의지할 곳이 없다고
나무에게 매달린 것은 아닙니다
달빛이 묘하게 빛나지 않았다면
나무에게 매달릴 일이 없었습니다
숲이 밤처럼 지루하게 느껴지게 되면
아래를 보지 못하고 위로 향하게 되죠
나무가 모여서 이룬 세상으로
나무를 기억하지 못하고
위로만 향하게 되는
까닭 모를 감정으로 몰아세우게 된 것이죠

나무에 오래 매달려 있었습니다
달은 제 뜻대로 움직이거나 모습을 바꾸어 버리니
이젠 아래를 더 많이 보게 되네요

숲은 오래될수록 바닥이 보이지 않네요
떨어진 가지가 송곳처럼 서 있거나
이파리 깊게 덮여 있어 푹신하거나
아래로 향하는 생각이 가득차지만
손을 놓고 발을 허공에 내딛는 일이 쉬울까요

막막하게 풀어놓은 이야기가 끝나가는데
조용히 몸이 아래로 떨어져요
나무에 매달렸다고 생각했는데
나무가 나를 안고 떨어지네요

* 《해와 달이 된 오누이》라는 대한민국의 전래동화에서 나오는 동아줄을 말한다.

| 작가 후기 |

어렸을 때 몸을 의식하게 된 그 지점에서 현재 나는 멈췄다. 여러 길을 시도했지만 다시 출발점에 서 있다. 인식의 지평을 넓혀보려고 애를 썼지만, 몸은 생각하는 나를 압도하였다. 생각은 몸의 변방에서 몸의 눈치를 보며 적당한 타협을 하고, 몸이 허락한 한도 내에서 반항도 한다. 우리는 지적 허영을 통해 인식의 세계 저편에 무언가 있는 듯 상상한다. 그렇듯 나는 또 다른 나를 불러 세우고 대화를 시도한다. 그래야만 내가 동물의 세계에서 분리된다는 착각을 할 수 있어서이다.

현재까지 나의 삶은 경계 밖을 나오지 못했고 경계 안에서 거주하지 못했다. 주변인처럼 경계선을 사이에 두고 발을 뻗었다가 오므렸다 하는 시늉을 하였다. 좋아하는 체 게바라의 '체' 만큼 온 거리였다. 경계를 넘지도 못하고 안주하지도 못해 떠도는 관계의 굶주림에 허덕였고 체념하듯 고독의 둥지를 틀고 있었다. 그 둥지에는 순서와 종류에 상관없이 중독이 자리했고 반복의 기형은 창작의 알 인양 보호되었다. 알을 깨고 나와야 하는 고통은 도미노처럼 연쇄반응을 일으킨다. 알 깨기는 울리기만 하는 두드림의 연속성에 아직 머물러 있다. 이 여정이 어떻게 끝날지 모르겠다. 이젠 몸의 구속이 싫지 않다. 신의 속성을 가진 인간이라고 착각하지 않아도 되는 편안함이다. 오감을 열어놓고 주어진 환경 내에서 순간의 고적함이나 소란스러움을 받아들이며 살고 싶다. 아름다움을 느끼는 뇌가 고장 나도 이해하고 받아들일 수 있는 육체의 계단은 끝도 없이 펼쳐질 것 같아서이다. 이번 시집은 불완전한 허밍이다. 모호하지만 확실한 느낌, 확실한 것 같았지만 모호한 세계를, 나와 타자의 경계 구분을 어떻게 해야 할까 하는 아리송한 상태로 시를 썼다. 철저한 자기 수업을 통해 완벽한 글을 탐미하는 독자들에겐 불편할 수 있다. 그 불편한 마음을 모른 체하지 않고, 다음 시는 삶을 더 치열하고 섬세하게 편력하는 마음가짐으로 풀어내고 싶다.